方文山 著

关于
Something about

方文山
Fang Wen_shan

的
's

素颜
plain face

韵脚诗
the rhymes

纪念版

作家出版社

陈绮贞：

一颗颠倒的行星世界

我前一阵子迷上了天文学和占星学，整个人陷入了自我表白的狂热，对于摸不着的世界，有另一种理解。最特别的是，我遇到一个人，会用星星去分类，借以增加我对这些天文知识的学习兴趣，"顺便"加深我对这个人的印象，这有点帮助原本孤僻的我，渐渐融入不可避免的社交生活。这样社交生活或多或少沾染了一些自我强加的投射。

方文山就是属于天王星，天王星躺着运行，躺着看我们看的宇宙，总是有那么点怪异，也与这个世代和潮流相关。就在某一年，没有预兆，也没有所谓的酝酿，所有人不得不正视一个现象，方文山闯入了流行音乐界，带着他独特的运转方式，吸引了太多年轻人的想像追随，也激怒了一些早已用固定方式看待文字工作的人们。我和所有好奇的人们一样，问过他关于写作的事情，他没有半点玄机的直言，就是认真搜集资料，作功课，这答案简单到无趣，甚至是无情，却又一次重整了大家原本太浪漫的期待。我不得不佩服，这样保守的内在，如何撑住轻如空气的巨大光环。

正当流行音乐界的歌词已经完全被方文山风格洗劫一空以后，他出版了自己的诗集，这诗集不为音乐企划或歌手性格搜集资料了，这是他自己的心情："一个用文字绕了地球一圈的男生，也有到不了的温柔，用来写给他自己。"我试图学他搜集一些相关资料，随即放弃，这不是随便什么人都办的到的事情，我只能以我长期日夜颠倒的混乱直觉，祝福他，毫无预警的，再次震撼我们！

周杰伦：

看了文山的韵脚诗，就可以知道为什么他可以把我的歌词一拖再拖，把我的话当耳边风，新专辑已经快来不及，他还可以置之不理（注意喔～这段话也有押韵喔！为了配合他的韵脚诗），因为文山把心血全部放在他的新欢——韵脚诗，他的"变心"我可以理解，而且这首诗又短又特别（注意喔～这里也有押韵喔！）我很想帮"变心"谱曲看看，应该会很好听吧！但还是等我比较有空的时候再说好了，哈哈～因为我想让他尝到一拖再拖的滋味。哼！ ^^

不过，话又说回来，他的诗比他的词更有戏剧的张力，又好比他的词像拍好的 MV，他的诗像没拍 MV 的音乐，想像空间更大，所以更能让每一个读者走进它的世界，每一个人心中都有不同的脚本；每一个人都是摄影师；每一个人也都是导演，所以我觉得，"词于是被唾弃"！

陈珊妮：

"文山犯了玩文字的瘾 他玩出个造型 模样挺像是些好听的诗逗着读诗的人都忍不住要哼起歌来 他很强 可以搞自己的流派现成的形容词搭配他都显俗气 别试图用个人肤浅的逻辑套用于本书 那会很愚蠢又没乐趣 是朋友才跟你们说这些 阅读愉快"

九把刀：

我总算弄懂自己为什么那么喜欢周杰伦的歌。歌词里埋了故事，旋律从此有了意义。然后是诗。与其用灵性、洒脱等字眼去敷衍对方文山诗的赞赏，不如放任莫名的旋律自由在字词间跳跃。那是一种构成。仿佛一首首擅自从五线谱脱队的歌。

罗尔斯："一种清晰的独角兽概念，并不表明实际存在独角兽一样。"如同独角兽，十万个关于天才的描述与概念，并不能论证天才实际存在。走进方文山的诗，终于见到独角兽低头吃草。

可乐王：

文山兄的诗与其人，给予我一种很亲切可爱的感觉。他极会写景，像是北野武导演，完全不必废话，一开枪便令人身历其境了——那里面饱含着一种精确而独到的古老灵魂与现代文明的冲击质感。除此之外，他也极会放风筝，放入他诗中的异国风月／纯净童年／个人孤寂／时尚美学，以及东西方的无国界对话。这些丰饶的意象以及人的温度的 mix，形成了一种所谓"文山流"的现象，并且正开始深深影响着下一代人。

成英姝：

我很少看到韵脚诗哩！这本诗集就像一本素描簿，不是淡彩画在纸上的素描，而比较像雨水打在一片一片玻璃上形成的风景，在滑落的同时又变换了笔触的线条和景深，一面发出滴滴答答的灵巧声音。听见会响着音律的诗是很美妙的，因为这块土地是个"音乐很不够"的地方。

五月天阿信:

"方以文成山　赫然见李白"

当他临山观云，窗台斜倚，闭目写下世界某处的奇险壮丽，顺手雕刻恋人心中的幽暗折曲，长安城正是人声鼎沸，炊烟向晚，飘溢出窗棂流窜在街角的欢醉夜曲，始终不曾缺少过他的传奇。

最后的浪漫正消逝，横死在激爆八卦与猜忌耳语，粗野标题主宰着世纪，诗人即将绝迹，他谈笑落笔，终将读诗翻转成一个文字盛世的流行，初成的少年争唱他笔下的动魄惊心。

他是李白，否则围绕他的奇迹，将没有一个解释合理。

序

到底什么是诗呢？怎样的文体叫做诗？如果这里的诗指的是中国传统上的旧体诗，也就是所谓的古典诗词，那其实很好下定义，因为它有个非常明确的基本规范，凡是依其一定的声律、平仄、韵脚，以及对仗所书写出的文章，借以抒发情感或表达志向的，我们都可称之为诗。这里所注解的诗，随着时间的演变，在不同的朝代也衍生出不同面貌来：诸如早期的《诗经》、《楚辞》、继起的汉赋、唐诗、宋词，以及近代的元曲等，虽然这些诗词歌赋的声律、平仄、韵脚以及字句段落多寡的规范有很大程度的不同，但都还是在旧体诗的范畴内，遵循着古典诗词基本的创作要求。

那如果这里所要讨论的诗，是指现代诗，也就是所谓的新诗，那又该如何给它一个归属跟定义呢？新诗，照字面上的字义，简单的说，就是相对于旧体诗的一种新形态的诗，"新诗"它是这时代所发展出来对诗这种文体的一种全新的解读与创作方式。而这中文现代诗的滥觞，源自于民初由胡适等人所热烈推动的五四运动；现代诗是在当时废除八股文倡导白话文的时空背景下，自然而然所孕育出来的新文体。其主张废除平仄、抛弃韵脚、打破对仗等这些旧体诗的规范与束缚，以自由的行距段落，不限长短的字句来书写现代诗。这是一场攸关中国古诗词天翻地覆的革命，从此传统的古典诗词日趋没落，时至今日，在现代文学里的实用价值与地位再也没有恢复过。当然，因为时空背景的转移，古典诗词那种寄情山水，引经据典，将咏物描景当作创作必要衬底素材的写作方式，以及当时身处农业时代的闲逸心境，相较于现代人居住在钢筋水泥所构筑的空间，与工商时代紧凑的生活步调，实有着一大段的距离，早已不合时宜。譬如情爱间的纠葛、人际关系的疏离感、情欲道德上的矛盾冲突等，这类属于内心世界的题材，根本就完全无法以古诗词的方式呈现，这也更突显出现代诗其形式的合理与时代性。

当初推行口语形式的白话文，扬弃书面结构的文言文，强调"我手写我口"，其主要目的就是为了让知识普及，让文学不再只是精英分子的专利，诗词只是少数人的贵族游戏。时至今日，现代诗写作与阅读的普及化，已是前朝历代所无法想像的事情。如今学龄孩童开始学写童诗，十几岁的国中生也会为赋新词强说愁的填写几首情诗，姑且不论其作品是否沦为无病呻吟之叹，但诗向下扎根的事实却已无庸置疑。现今在部落格式的网志撰写平台兴起后，诗借由网路形式更加无远弗届的传播，已深入各个阶层，影响力更加全面，诗至此已经完全庶民化了，不再是区隔身份与阶级的一种表征。

那么回到一开始的议题，什么是诗，不论你是指古典诗词或现代诗歌，前文中都已经有了清楚而明确的定义跟解释。但文字是解释诗的唯一媒介跟专利吗？当然不是！我们常听到如下的几句话"风景如画，景色如诗"，"诗中有画，画中有诗"，诗在这里已从专有名词转换成形容词与动词，诗的开阔性本质，使它不仅能转化为形容词跟动词，或者是现在进行式，甚至它也可以是一种个人的生活态度，阅读品味，以及鉴赏的眼光；如有人离群索居、孤芳自赏，我们可说他生活的像个桀骜不驯的诗人，他的工作可能是插画家、摄影师、音乐人、文字工作者等，却不一定要是狭隘定义中的所谓诗人，一定要出过诗集或写过几首新诗；除此之外，居家装潢布置的风格如极简主义、普普风等，我们也可视它为一种空间美学诗；米罗的抽象画，是一幅幅的后现代诗；五月天的专辑，则根本就是反映这个世代的摇滚诗；屏风表演班的舞台剧，是戏剧立体诗；在仁爱路的林荫大道旁悠闲的喝咖啡，是现在进行式的生活诗；波西米亚风的穿着打扮，是个人气质品味诗。总括来说，诗是对具象人事物的一种抽象解释，是一种特殊氛围的审美观，一种随时处于游离的精神状态，它游走于一切事物之间，并且赋予它们不同的生命解读，但其本身却无法被任何事物单一化的定义，诗的魅力与可贵之处即在于此！

现代诗的定义跟解释，如上文所述是如此的广泛与多样，那如果我们回归到一般人所认知中那个狭隘的现代诗范畴，其诗文主要的结构与形式又为何呢？一言以蔽之："诗，就是以最少的文字，去表达最多的意思。"以最洗炼、精简的字句去传达最繁琐、庞杂的意象。也因此，诗的文字结晶度很高。诗本身的文体结构着重于隐讳、比喻，以及假借等间接用法；诗不像其他小说、散文等文学类的作品，其文章篇幅与段落间需具备承接及说明上下文的功能。诗文的内容反而不能太平铺直述，甚至还应该在文章段落间维持着某种距离的朦胧美感。诗是一种跳跃式，非线性逻辑的文字，所以，诗最忌讳在内容上毫无任何咀嚼的空间，失去在字里行间驰骋想像的乐趣。换言之，写诗在某种程度上倒像是在悟禅，诗句悠游于花非花、雾非雾的暧昧地带最是耐人寻味。我们可以说诗从来就不是汲汲营营的商贾，毋宁说它是游牧民族，随性的逐灵感而居，而这正是诗之所以为诗的魅力所在！

前文所谓的现代诗，也就是新诗，其结构跟形式有一定意义的解释与认知标准，那诗的诗风流派呢？这新诗的诗风流派，其实并不好单一化的归类，因为大部分的诗人是任何题材与方向都会想去尝试，没有人会想要划地自限只尝试某种特定的题材；但写作的个人风格则反而有较为明显的特征可供归类与探索，因作者创作时惯用的技巧与语法是直接呈现于文章的字里行间，其风格特色的呈现显而易见。本书所欲倡导推广的一种关于诗的写作风格，实为我个人的创作习惯，或可称之为模式，即为"素颜韵脚诗"！何谓素颜韵脚诗呢？我想下文中将"素颜"与"韵脚"这两个词汇分开来解释说明。

在此，先论"素颜"之出处，"素颜"一词为日制的汉字词汇，其原意为干净没化妆的脸，也可说是清秀的脸庞，我想或可引申为没有添加任何杂质，接近天然的素材。因此，"素颜"一词在这里的解读是，在诗句中除汉字（中文）以外没有添加任何其他的元素：如英语、日文、阿拉伯数字、电脑图像以及标点符号等。此种创作习惯纯为个人之性格使然，因为我在创作诗作时，常刻意地维持文字的纯洁度，不喜欢在诗句中夹杂其他非中文的东西，唯恐破坏了文字视觉上的协调美感。当然，这种创作的模式纯属个人文字洁癖使然，无关风格优劣。还有因为少了标点符号的使用，长期以来我也因而养成了在诗文篇幅的段落行列，与字句上下间隔中，使用断句、空格字的创作习惯，犹如传统泼墨山水画的留白，因为我极端排斥将诗句文章不经裁剪，即硬生生的将整篇塞满页面，让人在阅读时喘不过气来。"素颜韵脚诗"中的"素颜"，指的就是素着一张纯中文的脸，没有使用其他的文字、图像，以及符号等化妆品来涂抹文章。

接着所要说明的是"韵脚"一词，韵脚是相当专业的专有名词，它几乎仅使用在特定的文章类型中，如古典诗词与现代流行歌词里。韵脚，或可称之为"押韵"，是指在这些诗文词句段落的最后一个字的发音上，使用同一系列的韵母音，如远、怨、鲜、线、天等，让诗词文章的前后行或段落甚至通篇均为相同的韵母音。我在诗句中频繁使用韵脚的习惯，无庸置疑的是来自自己职业背景下的本能反应。身为流行音乐的专业作词者，长期浸淫于歌词创作的领域，故我新诗的写作风格难免受到歌词架构的影响，常不自觉的在创作新诗时，是用歌词写作需顾及的流畅与律动感去铺陈诗文阅读时的节奏性。将歌词基本的组成元素——韵脚，转化为韵脚诗的主要成分。因此我所创作的新诗，其段落分明节奏协调的韵脚，在视觉上有一气呵成的畅快感。因我个人不喜欢用字冷僻艰涩的诗句，让人在阅读上每每歇下脚步，停顿消化，总感到窒碍难行。

其实中国早期的诗词歌赋，皆具备可吟唱的条件，其文字声韵律动的美感，来自于平仄韵脚的规范。所以，我个人以为在新诗的创作中保留韵脚的元素有其必要性，除了让诗文在阅读上具有声韵之美外，亦可帮助记忆背诵，与相当程度的约束与规范新诗格式，这也是我极力提倡韵脚入诗的主要原因之一。当然，这"素颜韵脚诗"的出现也只是在诗国原本就已枝繁叶茂的众多奇花异草中增添一款新品种而已，为中文诗园提供一种新的造景选材，它的功能也仅止于此。接下来就交由时间去筛选跟检验，此韵脚诗的写作风格如有继续存在的价值，那么借由本书的播种，日后顺其自然的发展，或许有朝一日能蔚然成林吧！

既然诗的定义是如此的广泛与开阔，诸如摇滚乐可以入诗、画风可以有诗、行事风格可以为诗、戏剧演出可以成诗、城市建筑理所当然也可以如诗，那么书籍整体的美编设计，又何必遵循一般坊间固有的开数、纸质、封面设计呢？当然也可率性而为，美的像是一首诗！所以，这本《关于方文山的素颜韵脚诗》从封面设计、编辑排版，甚至纸质触感，以及内页的字句段落、诗名标题等，我都是以诗的标准去制作与要求的，也因此，此书的本身就是一首《阅读进行式的空间诗》！最后，顺带一提的，还有我个人；偏爱通俗文化，大家都感兴趣而且容易了解的东西，总是毫不掩饰的反应普罗大众的实质需求，也是最接近人性的。也因此，我对"雅俗共赏"这句成语极有好感。用通俗的方式让一种文化获得较为热情的关注，总是一件不必经由学术调查即可验证的好事，起码刚开始那些好奇进来观看的人，将来会有些不是因为好奇而留下来，然后他们再继续影响别人进来。祈望这本诗集对于现代诗这样不易受到主流商业市场青睐的纯文学能有一点点的助益！

方文山

于木栅寓所

2006 年 6 月 19 日

诗以外的文字情绪，当然可以横排混血的很美丽。

The emotion beyond poetry could be organized gracefully for certain.

第一篇

关于

念一首诗给你听

下雨过后的屋檐 果然 是适合风铃
你从窗外看到 风刚刚冒出嫩芽的声音 很轻

而我决定了 在猫的眼睛上 旅行
于是乎 所有的神秘都向后退 退成风景
只有隐藏的够灵巧的事情 才能长成 蒲公英
然后毫无负担的跟着 前进 很小心

因为害怕 将只敢在梦中喜欢你的我的那部分 吵醒
于是乎 我默念了一首诗 给你听
打开诗集的动作 很小心 很轻

很轻 很小心 就像猫跟风铃 我念了一首诗 给你听

晒在衣架上的委曲

这某种 暂时不先加以形容的 某种情绪
是该给它些空间 让打哈欠伸伸腿之类的 有起码 的张力

于是 有人专门孕育 争吵时所需要的庭上证据
但一旦有人开始贩卖 并且 涉及
即表示 已不是自己原始初衷 的自己

我打开门后 我发现 我再也写不下去
屋檐下 晒在衣架上的委曲 一件挨一件的拥挤
像被拉长的 某种情绪 某种争吵时
才需要 被形容出来 的东西

单纯

你的 单纯 自成一个世界

那里的云 像暖烘烘的棉被

空气里 流动着纯度很高的无邪

亲密纷飞 午后的风像抱枕般容易 入睡

你的 单纯 自成一个世界

爱情羽化成蝶 恋人们觅食 取之不尽的体贴

温柔长满了旷野 思念像森林般紧紧包围

在誓言播种的季节 转眼间 厮守终生结实累累

你的 单纯 自成一个世界

人潮中 爱透明的 可以连续看穿 好几个谁

初吻前的距离

被调匀成小麦色的 呼吸
脱离了 它跟雪白的最终关系
正逐步在适应这温暖微酸 的天气
而那株 还没有完全成熟的情绪
也还没有 多余老化的经验 可以落地

种植在草原上 颜色 青涩的日记
表皮 正努力的在形成一遍 油绿
而这植被 最终还是被翻阅到了 夏季
属于 开花细节的基因传递
则正紧张兮兮的在 发育

被溺爱者

一只幼兽　在软绵绵的乳房上　恣意的出没
已经断奶的北国　故事才刚刚要抽芽　冒出头

肯定雪白的　都已从山顶抖落
那么　溺爱的范围　开始大面积的汇流

是的　雏菊　光听名字就很脆弱
桦树林拥抱过　整座春天任性　的饥饿

幼兽继续行走　那一直不断在扩大中的地盘轮廓
而我立足的角落　岌岌可危的　很快乐

极其细腻的喜欢

太高纬度的窥探 有时候会缺氧 鼓动不了翅膀
纯粹远距离的鸟瞰 那整片 植被覆盖下的月光 又只能用想像
因此 姿态是应该再往下降 据说最底层的腐质土 对恋爱很营养

爬满苔藓的朽木 横跨在布满浮萍的池塘 被当做桥梁
蚂蚁走过羊齿蕨的大树旁 小心翼翼的叼着 一片晚餐

浓密的树荫下 暗恋适合背着光 温柔正恰如其分的在潮湿阴凉
在朽木的桥梁上 我用放大镜检视 蚂蚁刚刚经过的地方
以及 细致如触角般 对你极其细腻的 喜欢

无可救药的三十一个字

一抹 夜来香 在月光中形容你的模样
素净的脸上 就连生气都皎洁的 很好看

一条暧昧的状态

东京的乌鸦　一身　原宿的毛发
奈良美智的斜眼娃娃　开始穿上短裙　泡泡袜
梦　被利用为我的潜意识说话
我刚刚真的就差一点　亲到她　苹果光的脸颊

处女座的秘密

灌木丛在营火旁　一针一线　的烧尽
那热浪　尚未被编织成　沙漠时的经历

古老的焚风　也因而终于　选择落脚　穴居
那些烤熟的耳语　也跟着住了进去
烘干了好多　还在游移不定的　情绪

压在帐篷枕头底下的　窃窃私语
被扎实的缝进仙人掌的　表皮
峡谷开始　长出　数量稀少却微甜的雨

绿洲熄灯　雨水汇流成　湖的记忆
这九月的星空　被整座掀起的　是我无从回避
璀璨眩曜　眷恋的　秘密

一幅无尾熊与尤加利树

如何评断 一件 来自境外的艺术
不熟悉的泥土 当然会有些适应困难 的解读
濒临绝种的想像力构图 实在已无力描绘出
那些属于草原上恣意生长的 生物

在境外 森林像海洋一般 扩张的内陆
所有 必须注意的细节 都有芬多精居住
那里辽阔的 不只是 绿色的温度
还有一望无际 对依赖呵护 这类新鲜空气的描述

迥异的 绘画态度 却单纯的仅以画风作为答覆
连作品的标价都 付之 阙如

最终 艺评家以体温唯有交换 才能获得救赎 的话题切入
画展的主题 极其醒目 还是有 自然状态下的幸福

被吃定了的感觉

终于了解 是自己情感的有机物 太肥

新鲜的 还有刚烘焙好 带点酥脆的嘴
早被拉弯了脊椎 低头 也用不着学

原本与鸟族同类 如今却轻易的 忘记怎么飞
个性被拔光羽毛后入味 细心的烘焙

被你热炒烹煮的 又不只 这一回
我躺在砧板上 想尝一尝你手艺的滋味

酒足饭饱后举杯 与你畅饮 被吃定了的感觉

猫的恋爱史

一直 一直 都不满意这跳跃的姿势
还有当阳光斜射时 无法率性奔跑的影子

抱怨持续不安的在舔舐 那利爪厚垫的手指
提醒它 还拥有这仅存的 本能举止
就像那印制成小鱼干 模样的 猫食
从头到尾都只是 他们自认为好吃的样子

可是 猫有猫的 心事
被豢养 在一个干净塑胶制的 专属房子
活动范围 离不开这几平方公尺
然后只被要求提供乖乖的 可爱的 样子
可这狭窄的空间却污辱了 它叫猫的这个 专有名词

在这不愁吃喝的幸福日子 它竟怀念起年幼时
在野外 那根卡在喉咙深处的 鱼骨头尖刺
这是否会显得 太不知足 与放肆

可是 猫有猫的心事

这六楼底下 那条阴暗弯曲的巷子

那个橘红色的垃圾桶里 到底有什么它所不知道的事

到底 能否照自己的 方式

去尝试 一段不属于宠物 纯粹猫科动物的 恋爱史

小右手

天使的脸 总是在熟睡中 被偷窥者贪婪的掳获
空气 被用来形容清秀 也唯有在这个时刻

在山峦起伏的被窝 秘密总是在地底下不断的肥沃
不断被收集来的笑声 总还是不够 不够喂食与日俱增的寂寞

容易消化的善意 在一路蜿蜒的河流
逐渐软化了 有某些防卫性敌意 的枕头
幸福到底 有百分之几的行动自由 不必再被赋予一堆的要求

你刚长出嫩芽 很快就会蔚为森林 的温柔
那甜度该怎么说 我决定让采收的方式 随起床的姿势成熟

你小小的 稍嫌赢弱的 小小右手
正试图 攫取天空之所以放晴 的线索
这最最 最后一行的字句 我直到黎明前都还在修

天空之所以放晴 的线索 你之所以怎么 爱上我

我们家猫咪

此刻 只需要添加少许 的怀疑
步道上的鹅卵石 正无声的在挪移
一堆 进化上岸的 停止回游的情绪
全脱水在花园里 干燥的 在膨胀压力

再加入几汤匙 终究会开花的雏菊
在水滚前 叶片还是努力维持着 一脸的绿
熄火的野炊 在草地上释放原先的 想像力
锅里的佐料 还剩下 一指尖微量的挑剔

终于 喂饱了 我们家猫咪
却忐忑不知 她 下一餐换吃 哪一种鱼

第六个不可能呢

颜色不可能 有这样纯白的沮丧

透明度也不可能 有如此高的忧伤

当我开始彻底迷恋你那不可能 的模样

就连最无情冰冷不可能 的难堪

那字眼都结晶成根本不可能 的漂亮

不要

我不要 不要 真的 不要
在红颜已经衰 老青春已经燃烧
多愁善感的回忆也已经凝结成了 石膏
还要在稿纸上 苦心的经营
关于 爱情的 种种美好
我说那真的 真的 真的很好笑

爱过你

芦苇　也只能在冬季　白茫茫的美丽
春天　从来就是一块不属于它的土地
有些美好只能属于　过去

在翠绿葱郁　如森林般的回忆里
擅于隐藏　伪装的鸟巢　一如不可告人的秘密
有些美好只能属于　过去

盛夏的雨　在痛快着　饱满熟透的别离
让落叶在腐败分解中死去　竟还带着笑意
有些美好只能属于　过去

道歉的姿态

冉冉上升的天灯　目睹一波波的丘陵　在放肆的涨潮
灯蕊极其满意其水位的高度　翠绿色的很讨好
天空　至此才决定　将高高在上的蓝　换掉

已经九十度角的半山腰　还在刻意升降海拔的高度　迎合芒草
在海平面上　白茫茫的仰角　已然是最尊贵 的颜料

身段已经够柔软的水鸟　在漆黑的岩层中　低空渗透过坚硬 的嘴角
被过滤掉　最后仅存的　那轻如羽毛的　骄傲

苹果牛奶

打开 冰箱里储存的 南太平洋珊瑚礁上方的海
懒洋洋适合午睡的热带 我那正新鲜的梦 正迎面袭来

猫还是偏爱 苹果牛奶 偏爱 近似某种口味的爱
你的触须 柔软的 令人爱不释手的存在

习惯性的幸福是 角度侧弯的刚刚好的 心理状态
沉睡中的左边人 被体温眷恋般不合的依赖

我从床的右边醒来 带着新长出的尾巴离开
然后开始像猫一样 的偏爱 苹果牛奶
偏爱 你也偏爱的那杯 浓郁香醇的 未来

青梅竹马

一尾 随时保持警戒的蜥蜴 用伪装的肤色出入蛇的市集
却用磅秤购买论斤的蚂蚁 被人一眼识破 它的中下阶级

阳光如此大剌剌的炒热空气 妨碍它静默的仿爬虫类 优雅的蜕皮
随手戴起遮荫的斗笠 我竟不自觉的 多了些乡音的语气

终究蜕不去一身家乡的皮 谁说隐身于蛇窝 四只脚就多余
探头被我误以为蛇的蜥蜴 一如 我误以为的 那个自己

我小心翼翼的翻开瓦砾 蜥蜴一溜烟不见的当下 那个情绪
竟恍如 多年前 他那句 稚嫩的 哇 好可惜

我终究必须再穿上 蛇的外衣 回到爬虫类的市集
而他那句 稚嫩的 哇 好可惜 是我 曾经能够用脚行走 的证据

第二篇
方文山

殓诗房

我在殓诗房里的断句　跟分行
是一种极其媚俗的　悲伤

持续沉溺意淫的　桂冠
也就不得不持续重复　那些讨喜的妆
当捡骨的拼图仪式　被口耳相传成信仰
也就不必太讶异　那些膜拜的香

唯有焚烧整座庙后的灰烬　看不出风格的形状
必须亲自分析检验　那些细如尘埃般的　意象
如此　诗　才开始具备实际的　重量

潜意识违规

梦境中　那个很清楚　的谁
一如　暗处里隐密猥亵的偷窥
是唯有自己　才能让自己　定罪

欲求不满的嗅觉　正逐步　羽化成蝶
机会主义者与缺乏食物　的蛾类
想趁此混入味道之中　再恶狠狠的　咀嚼

停止搅拌的黑咖啡　已经够资格模仿　深夜
打呼声　代替停滞的时间　又再续了一杯
从没有多余的失眠问题　所有的欲望都嗜睡

酒杯的表面张力　让冲动做了过度的集结
水面下　即将升起的黎明　滚烫了一半的世界
另一半　在棉被下　结束了所有的情节

夜店之所以东区

等同于兴奋的 易于雕刻的木材
在语言不被重视的悬崖 总还能拾获可供辨识的年代
以便对照 那些施工单位所属腔调 的车牌

胎生的这一款 贴身的细肩带
也只是为了让配合的毛发 更形狭窄
在这里 必须具备互补性 才得以从容的存在

她们脸上的妆 在确定频率后慢了下来
被看的更清楚了 那些收讯强烈 的等待

远镜头下 是连唇膏 车流 搭讪都糊成一块
却也维持着此区域 一种平衡的 状态
线条极不明显的水彩 是极适合 画坏后再重来

私密会社 总不轻易悬挂 太清楚的 对白

适度卷曲的悲伤

圣诗班 看似鱼贯的穿越 但其实不然
或者福音本身也应该 稍稍微的转弯
以避免遗落任何一截 意识不坚 的墙

固定无法移动的梦想 以收敛中的告解收场
在毫无遮蔽的广场 任谁都不得不适度 的说谎
他们继续在拆除回廊 避免扭曲形式上的浪漫
接近零下的钟声 具体的 直线的 很好看

歌德式被迫等于教堂 这当然还包括那些彩绘的玻璃窗
还有什么 只是长成名称上的模样
有些字眼 就是赤裸裸的 令人厌恶跟沮丧

在应许之地 最最接近上帝的喷泉旁
需投掷适度卷曲的悲伤 才能许下 愿望

消防栓企图在夜里制造画面感

逐渐远去并被稀释 的信仰
纯度不高 我们乐见产地因而能调出 任何形状
并且理解 说故事必须 挑对夜晚

太具体 结构性稳定的教堂
总令人担心蝙蝠的故事 不够血腥震撼

不该发生 的喂养
发生在小说中 一开始落笔的远方
时间 持续输血给想像
听故事能建立 对道德次序短暂的好感

工厂 暗巷 啤酒罐 铁丝网 这类名词的紧张
被统一消磁的频率 被到处搜捕的 实在频繁
那么又该如何形容 城市颓废的景象
又必须兼顾夜景坠地时 碰撞声大小的原创

我在脑力过于负担 终被气氛刺激醒来的地方
发现 消防栓企图在夜里制造画面感
原来这还是用来书写故事时 品质最好的纸张

诗 于是被唾弃

到底要怎么邮寄 一枚灵巧的歉意
被反复斟酌 细心折叠过的 语气
在拆封前 就已经回避掉了 大部分的杀伤力

典雅素面的信柬上 俊逸帅气 的字迹
在收信人与寄件者间 维持着一种完美的比例
分手竟然可以 竟然可以 如此过分的美丽

伤害 盘根在风雨飘摇的 岩壁
一次次被削薄 那些狼狈不堪的过去
直到 露出那血淋淋见骨的 我已经 不爱你

原来 在诗人的手里 锥心泣血的别离
可以是 居然可以是 极浅极浅的 淡淡一笔

风的风格

那一些 连速度都跟不上的颜色
居然在地面辩论 北极光 太类似银河

拾荒者 急着 定义他们定义中的垃圾
以便巩固与强化 他们仅能扮演 的角色

因为无法丈量 灵魂的景深 与创作的饥渴
于是 对它们是否仍有重量 拒绝审核

快乐没有任何形状的 自顾自的唱歌
至今 唯一无从被切割的 还是 风的风格

变心

在确定你离开的 那一天
我打开字典 开始查什么是 厌倦
在第两百三十七页 斤字部 九画的那一面
我只查到两个字 新鲜

个性

关于听觉 它与潜意识是同一种世界
就像婚约 并不能单方面的 填写
习惯横行的蟹 不是直线洄游的鱼所能 了解

婚姻 初始化

是把线条几何 颜色抢眼的刀 就不该切割气质淡雅的妆
透明亮橘 塑胶制的餐盘 也不该盛装粉嫩易破的委婉
那些器皿过于通俗廉价的姿态 让讲究烹调的空间 感觉很受伤
签约的年限 除了资源回收般的死亡 否则都必须无异议的延长

墙上 一盏田园景致的灯光 代表这普罗旺斯风的厨房
提出必须重新装潢的证据 并且 引用了条款
证明 这流着普普风血液的餐具 一开始就摆错了地方

已无餐具可清洗的水龙头 空气开始干燥它的水管
新鲜的食材 也开始被涂抹上盐巴腌渍后 平躺

风干以后的步骤 餐具被整套 整套的打包装箱
离开的速度 昭然若揭的让人 一目了然

异常纯真幸福

镜子继续依照不同的年龄在 反射
用每个人的压抑程度 诚实与否
来决定 谁的荷尔蒙学分可以修毕下课

而你总是含蓄的要求 再转一圈后 再选择
新细明体的旋转木马 继续绕着圆圈走
并且 一路在跟古篆体的道德 拉扯

我手指 在逐渐接近中持续兴奋式的忐忑
如同嘴唇在留恋 停留在肌肤上的 快乐
汗水在混浊的冲动中 见底清澈

这整座场景五颜六色 孩子如瓷器般 无瑕的笑着
让人联想到荡秋千 棉花糖 还有音乐盒
我在异常纯真幸福的画面中 虚伪的自责

原来我的爱 根本经不起 长期的饥饿
偶尔 需要喂食一整餐的 狂热
对那次郊外即兴的口渴 我 异常纯真幸福的记得

而我最爱你的颜色 就在这场华丽中 停格
记忆的墙上 刀刀 见骨深刻
你喘着气 在郊外 用昵喃的声音唱歌

戒烟

嗜血如命的枪口　下定决心停止打猎
基于对火药成分想当然耳的了解
最不痛快的想必定是正准备出场的　子弹
再也无法体会　命中靶心的感觉

当然　硝酸甘油与抵火间的是非
如同枪管与子弹高速摩擦　的滋味
在硝烟弥漫寸草不生的　旷野
暴露在地表上的沙砾　根本就无从察觉
猎物与被猎物之间　的差别

而那些　不再被猎杀的多出来的时间
繁殖过剩的问题　却一直没有获得解决
正逐步进逼袭击　焦虑不安的防卫
企图松动我城墙般坚固的　嘴

最后嘴唇义正辞严的开口拒绝　对方的劝降
我立刻拿出擦满铜油的枪　刺刀闪闪发亮
弹匣上膛　拉上板机　推开保险栓
以右眼瞄准在一千公尺外
对我冷笑　嗤之以鼻的　习惯

一切未经证实

不负责的耳语从未停止　它们以传统的方式　繁殖
寄生在族群稳定　但却容易脱水的意志

烈日持续的曝晒　影子被烤焦了　所有的赏赐
善于躲藏的追随者　于是默背了更多　城堡外英勇的故事

狼人与吸血鬼　这类原创性极高的文字
几个世纪以来　一直都只在小说里　获得证实

受封的骑士　最终也仅能以生命的长度　拥有宝石
那么　永恒的爱　到底指的是　什么事

韵脚游戏

了解我的人都知道一个 秘密
故事一开始预先埋设 一个伏笔
通常是先整理自行假设酝酿 的情绪
再用矫情的文笔 写下两个汉字
泪滴 或是 花季

接下来每个段落 片语 字距
他们之间的留白 其实都很刻意
刻意要讨好眼睛阅读的 顺序
尽量让结尾看起来 铿锵有力

当然 故事的中间尚须营造润饰
角度凄美 滥情的几句
叹息 或是 别离
如此 大费周章的铺陈设计
难道 只是为了让故事看起来
自以为是的 美丽

不 其实我所有的努力 堆砌
堆砌 这些 有韵脚的字句
都只是为了让最后一句 最后一句
最后一句 无懈可击的 爱你

形状最好的透明

或者说 由着风去决定 筛选山谷里那些 方向正确的跫音
终究是依赖风在旅行 大部分的关心 都如愿的到达了 边境
毫无遮蔽物待在树梢上 稍事停留的爱情 已经是形状最好 的透明

正用炉火淬炼的年轻 被日夜的浇灌成 固定窗口的器皿
然后在森林 在种子落地萌芽的过程中 被要求坚硬

如今 也仅仅剩下你在关心 那砂砾是历经多少世纪 才能结晶
钻石是一件挤压再挤压后 才能在出土时炫耀发表 的作品
终于 我走出了森林 从你手中收下 如何制造玻璃的 那封信
开始加温 提炼 萃取 并且透明到不自觉的正在穿越爱情

一直有误会在进行

讨厌自己　随便一下笔　就是勾人魂魄的伤心
轻松叹气　就是一篇锥心泣血的　悲剧

只为了听　从他口中说出　我是真的爱过你
并且　不后悔　我们那段记忆
我可以　毫不犹豫　瞬间　就老去

如此这些　肤浅的字句　押了些韵脚的东西
居然　有一个美丽的名字　叫爱情

牙买加的雷鬼

旧版钞票上的水渍被翻页
我从下一张的人头开始 解读
太平洋彼岸的 世界

一八六一年的 南北战争
这林肯先生 坚持 让迟早会发生的发生
只是这不是改变信仰的神 就会被当作是
同一种的 人

一九九四年 美金五元流通在北美
这林肯先生的肖像被用来 酗咖啡 嗑音乐
在大西洋彼岸越过山脊的 南非
曼德拉 将秩序倾斜 由白转黑

只是这仍然扭转不了原本固定的 季节

该下雪的 还是一样 在下雪

犹太与亚利安 还是在分类

美金还是在漂白 这整个 世界

而我 穿越过斜对面的 大街

用新台币三百六十元 购买光碟

整张都是 牙买加的雷鬼

北欧重金属

面包店外面的橱窗玻璃不满的 咆哮着

出炉的香味都只跟另一面亲热

尖酸刻薄的杂志乐评 被深埋在路灯下当作垃圾

一群无政府主义的冬雪 随着一只温热的手

推开面包店的门 听到 一些线索

室内的玻璃 急于辩驳 可是抵挡诱惑的人 是我

无政府主义的冬雪回到街上 竖起耳朵

门口 颓废的左派青年在捡拾垃圾

一九六八年的杂志 用挪威语说

齐柏林飞船 酷 是个狠角色

路灯一直在街道旁 内疚自责

它还有些没有让左派青年全带走

又翻了一页 一九八七年 枪与玫瑰

被保守激进的右翼分子 视为文化上的威胁

剩下的杂志全带走 不行 要仔仔细细的了解

无政府主义的冬雪 始终不够团结
保护不了垃圾堆里的 音乐
面包出炉的诱人香味 终于溢出店门
店外面的橱窗却宁愿跟无政府主义的 冬雪厮混

因为 北欧太冷 必须像个男人
玩音乐都必须是 重金属 摇滚

形而上的殖民地

话被适度的弯曲后　于是不带任何情感的铜币
正在被贩卖中的情绪　全部都模棱两可的可以

在风被对剪开来的这里　流言塞满了旅人的行李
某些不道德获得了绝佳　的奖励
当然它们必须竞争　那有限的空隙

暧昧　迅速的枝繁叶茂　并且持续的被供给
输血者包括那些　伪善的问候语

可时间一旦被拉直后　河流就无从回避
当初被赋予　胎生的记忆　以便突显向东流的意义
如今除非承认雨水　才是出生地　否则没有转圜的余地

是故　造梦者至今仍坚持　形而下者谓之器

荷尔蒙导电事件簿

说书者　这次确定不同于以往

流动不规则的　并被爱抚的月光
经由台下激情跟着鼓掌的鼓掌　以及更多的鼓掌
于空气中煽动起来的气味　在呼吸间即已完成了票房
当日即席表演的桥段　获得了极佳的　赞赏

最可笑笨拙的　才允许出现在　纸上
执笔者的官方态度　甚至缺乏想像
大量滞销的语言跟文字　正大量滞销于市场

黑市的买卖　充斥着一种欢愉　的紧张
绝少被亲眼目睹的　还包括荷尔蒙实际的长相

所谓的抽象

你将一首 冰过的情诗 拿去喂食门外陌生的风
从哑口传来的消息 熟悉的年份 却一直都还在归途中
不被信赖的温度 终究还是无法消化 它没看过的繁荣

卡片上的字迹 开始被严刑逼供
关于他那年圣诞节的祝福 实在也太过笼统

承诺 应该指的是一种 抽象的时空
时间 不该被如此具体的 形容

那年圣诞凛冽的寒冬 还一直隐藏在人群中

多年来已堆积成 不易溶解 的痛
再怎么解冻 也很难还原为 当初纯水 的内容
而你的伤 是如此 浅显易懂

在火树银花的城市上空 你试图拨慢 平安夜的钟
试图 让所有收到圣诞卡片的人 都停止 拆封
因为 永远爱你 是一行 雨一停就会消失 的彩虹

第三篇

的

鹅黄色的初恋下午

功课 整瓮的被腌渍 酱菜纠结的在学我们女生 绑辫子
一整个咸咸的下午 我在晒谷场曝晒 那些 歪歪斜斜的字
烫平了一张皱巴巴的 糖果纸 也秘密记住了 某个人加了盐的样子

削铅笔机刨起的 木屑香味 在用空气的味道勾小指
仿佛口头约定了什么长大的事 而时间一直努力的在 刷白牙齿

那些风干的童稚 幼小干瘪的身子 怎么也挤不胖我的心事
回忆在迥然不同的地址 惦记着 下一页的国语考试
再下一页 轻易就能翻到的 那些 往事

时间一直在经过

去年南下的燕子 被纬度说服后 决定逗留
让北方春天的屋檐 更形寂寞

抽干融雪的溪流 他们开始辨别造雨的枕头
一整条河床 裸露的尽是盛夏蝉鸣前 的沉默

秋末的花朵 正对彩蝶 做最后一次的诱惑
而枫红的颜色 则还是很明显的 急于换季出售

隆冬之际 谁的承诺 被丢进炉灶当柴火
时间一直在经过 我只知道取暖的人 是我

青春如酒

彩虹彼端的山岚　是一缕弯弯曲曲的潮汐

辗转上岸的距离　有七种颜色可连接　缤纷的过去

白鹭鸶在远方山头　姿态优雅的被人用水墨画上　瓷器

这场易碎的雨季　用节奏轻快的鼓点　在敲打过去

屋内泛潮的湿气　在储存　日趋发酵的回忆

我整箱倾倒出　与你相关而颜色澄黄　的过去

那些　青春如酒的美丽　芬芳满地

如斯年华

皱纹什么话都没讲 就已经躺成了一地的沧桑
该被收割的 陈年的灰尘 终于也累积出了重量

春天 在刚冒出新芽的 脸上
一直抱怨 那些花开的还是不够漂亮

被挥霍掉的时间 一点 一点也不抽象
工笔画的年华 一笔 一笔在素描秋收后的冬藏

在景色萧瑟的肩膀 一路颠簸深陷的 不是冰霜
是深深的皱纹 以及 厚厚的 沧桑

青春

断线的风筝　其实还有一种可能
强化纤维的鱼线　勾住的那天黄昏
窗外　电线杆上的麻雀依偎着抵御　寒冷
于是乎我们　最在意的青春

截角的演唱会门票　就成长而言已经算完成
期末考的分数　喂食一双失望的眼神
联考前　球鞋终于放弃对篮框的瞄准
于是乎我们　最在意的青春

吞下秋冬后　白杨木的年轮　又胖了一层
蜻蜓的路线　还是只适合出没在　乡村
离家出走的猫　开始觉得当初很愚蠢
于是乎我们　最在意的青春

棉花糖

突然忘记怎么写诗　训练有素的风格正迁怒于键盘

场景一下跳回园游会里　旋转木马前的　那个广场
烹煮了一整壶的灵感　也才简短的打出　如右这一行

一整排无趣的日光灯　在接订单式的工厂
所栽种生来的诗句　其实　一直　都很不自然

起码要有诗的形象　流动线上　产品已开始在组装

我职业性的反射敲打出　如左这一行
于是　从射飞镖的小贩脸上　你一切的快乐都有了想像

装好箱的货柜　已经驶离海港　创意又继续被生产
离开工厂　我整件脱掉被别人记得的　那套模样

在纸上 以手写稿继续完成 园游会关门前的 那一小段

那一小段 有捞金鱼 五彩气球 烤香肠的地方
我从你手中收下 一圈圈吐丝又旋转 白色又黏手 的喜欢

开始用左手写字

锯掉 四分之三的城市
另外四分之一 拿来解释
为何 开始 用左手写字

但还是 被迫用右脑回答 为何比例是
四分之三而不是四分之二 这件事

模样比较清秀 的字
也还是 继续用化好妆的方式
找一样气质的语气 一起组成诗

唯有忽略不被限制中 不被 的这两字
然后 再继续忽略 忽略本身这个词
让所有合理的解释 都离开原来的 位置

我总算开始 用左手反思反思中 反这个单字

关于以下这些事

冬天一直隐藏着一股 耿耿于怀的心事
纷飞的落叶泄漏它逐渐凋零的 嫉妒
到底星光灿烂的仲夏夜 是什么样子

经过一个到处都有酒精出卖 的城市
街角暗巷的啤酒罐又再度 哭诉
没有人听它述说 它被冰块与玻璃杯遗弃的故事

北风沧桑的吹过大街 卷起一张 旧报纸
去年的今日 已经分手的男女才刚刚发完誓
如果 没有旧报纸 北风的沧桑会不会显得不够真实

这几行彼此没有关连 没有逻辑的 文字
到底什么意思 这怎么也能算是诗
亲爱的 我真的真的真的 无法 对你解释

就像 冬天永远不懂阳光灿烂的日子
就像 啤酒罐永远说不清楚被抛弃的故事
就像 北风永远离不开街上的旧报纸
就像我 永远都不会解释 关于以上这些事

但是 我却明明白白一件事
并能清清楚楚的说出 九个字

我 爱 你 直 到 世 界 末 日

兑现的礼物

瓶身 是老式圆驼状的怀旧风 在玻璃表面物的残留中
隐约还有午后的操场 六年甲班对课文的 琅琅背诵

杂货店 是早已在多年前 就朝着黑白照片在移动
这糖果罐的厚度 让外面那些买不起我们回忆的人 只能当观众

在大量涌出的彩色包装纸中 我只尝得出有你甜味的 笑容
只因当初谁喜欢谁的笔迹 也只适合用铅笔 感动

这城市里的光合作用 正在模糊任何一张想拥有回忆的脸孔

于是 我用思念的时间 养了一池的芙蓉
无非 只是想让暗恋 有比较好的形容

我同时将你嘴角的微笑 搅拌的很浓 很浓
开始用黏稠的方式 想你的种种 种种

秘密被小心翼翼的跟踪 我刻意露出破绽 让你的矜持　放松
你伸出手 自玻璃瓶中 攫取满手满手的受宠

一切原本在多年前就该属于你 比例精准 的梦

绅士格调

一条笔直的骄傲 是很难放慢脚步 循着圆圈绕
再怎么弯曲 也弯不成 一定会有弯曲角度的桥
就算一整遍 山林的砍伐 一整座村庄的焚烧
中古世界的座标 还是坚持 不曾有丝毫的更改 动摇

手工绘制的圣经 维持着某种特定仪式的礼貌
只是咬一口法国面包 并不会污辱你用意大利文祷告
但僧侣坚持 威尼斯的口音 不能掺杂其他的佐料

这城堡里 公爵的油画肖像 像文艺复兴时期的海报
这画作下方 是公爵用鹅毛笔亲笔签署 的自嘲

十三世纪 文诌诌的拉丁文 如今像二行符号

金碧辉煌的城堡 当然可以以任何坚持的方式 建造
但在真爱面前 却只有一种态度 认错是绅士基本的格调

一对意大利恋人 在油画前坚持 为了谁先道歉争吵
恰巧 延续了 这场绵延七百多年的 讪笑

那些来不及的从前

突然意识起来 自己是夏天 的夏天
跟冰块间的那些 我们称之为 点点
也就 大剌剌的 毫不避嫌

突然也是自觉是火焰的 那些火焰
睡梦中的纸 都还来不及睁眼
也就边烧边被 那个 点点

突然了解 身为终究会被抽完的烟 的烟
也开始放肆起来 跟嘴唇 点点

等突然 意识 自觉 了解 这些字眼
青春早已走的老远老远 剩下一个 点

皱纹

我用第一人称 将过往的爱与恨
抄写在我们 的剧本

我用第二人称 在剧中痛哭失声
与最爱的人 道离分

我用第三人称 描述来不及温存
就已经转身 的青春

线索

在开车离开你家 的路上
自尊是我正前方 呼啸而过的 伤
有时候 线索就只有这样

亲爱的 还需要什么吗
你难道不知道 有一种感觉叫做
想像

凭吊沙发

凭吊沙发　需要有绝佳的空间感
以主观镜头　落实那些想像
那画面　极容易被　判断
连一点点太明显的字眼　都不应该放

尤其是　痛快的汗　以及　急促的喘

住在左心房 的心事

我住在左心房 浪漫如花海般的地址
一翻身 不小心被我压扁碾碎的 那些心事
那些内容 该怎么对梦境 解释
我在白天清醒时 绝对 不可能 发誓

摩卡咖啡

似乎街角昏黄的灯光 对于酝酿什么之类的 特别擅长
烛火倒映的玻璃窗 也仿佛骚动着什么的 让人疲惫不堪

我几乎 总突然想起什么的 匆忙搭上地铁 回程中忘记加糖
最终 秋末的夜晚 一张开嘴 吞下什么似的 起身买单

熄灯后 再怎么搅拌 杯沿的烟味 已不需要什么 特别的打扮
离开前 奶精液体的模样 总算摇晃出了什么 然后故事被继续延长
将这整段 交叉剪接后 再删除什么什么的 再用正常速度播放

加了奶精跟糖的摩卡咖啡 在街角的咖啡馆 我的心事 一口气 喝不完

加了草莓的心形蛋糕

到底需要 彩排什么样的求偶广告 在气氛对的街道
加了羽毛 宣称长了翅膀的饮料 正在对渴望飞行的人 推销

总是恰如其分的躺在墙角 那些恋情散场后 陆续干瘪的铝箔包
草莓 种植在第几排第几号 影响着出厂后 被嘴唇初次吸吮的味道

橱窗内的牛角面包 几世代以来 都是躬着身子 静默的微笑
心形的线条 则用奶油挤出了热闹 那刚出炉的拥抱 被彼此的体温加热烘烤

祝福的话有食用期效 如同节庆的海报 来不及张贴 会整碗 整碗的酸掉
蛋糕 在许愿声中 仿如故事的城堡 我在心里 一层层的默祷
一遍又一遍的只想要 童话里的 那一种 美好

我的法国菜

一直在释出善意　养分充足　的弧度
连低头时　山峦都很有韵味的起伏
顺带打了一个摇晃　的招呼

在橡树叶下隐藏的松露　淋上橄榄油后
开始清晰了它　五官深邃的　描述
连沁入　这类关于味道的形容词　都看的极为清楚

鹅肝酱被适时切入　于是　墙壁逐渐浓郁其厚度
在窖藏红葡萄酒的深处　如雨后滋生的菌菇
不停不停　的繁殖　不断不断　的冒出

四叶幸运草

总免不了　会有些忘记生鱼滋味　的家猫
当然　那些蒸馏过的风的味道　也一起感到困扰
一如那些猫忘记　最初对食物的心跳
或者说　花的颜料　待在画布里　比放在有风的户外重要

新鲜刚出炉的祝福　只存在于　现场切下的蛋糕
翌日刊登的广告　也只是有系统而完整的微笑
没有开罐器　的饮料　一如什么事都没做　的礼貌
或者说　雨的温度　只有伤心跑过几条街的人　才知道

这些事　听懂的人一直都很少　很少　很少
一如你一直努力的在寻找　拥有四叶的　幸运草

第四篇
素颜

细数那些叫思念的羊

我在梦的边边　起毛球的一小角
将栅栏浸泡后　拉直成一束　柔软的线条
此刻　所有的温驯　毫无疆域概念的　往外跳

一群群的数字　迁徙过　还没被上色的　牧草
然后　一只　一只的被早起的雀鸟　啄食掉
被我从泥土中　垂钓出　突然鲜艳起来的听觉
在向我　问好

说不出口 之后

月光划着小舟 粼波倒映出所有人的要求
等湖水熟透 由采收期决定 谁该梦游
决定 猫头鹰是否 适合 清醒着写小说

半梦半醒的山丘 翻过身来 继续接近中秋
等月圆的时候 夜行的蝙蝠 决定举起手
决定 在最安静的时候 吸食怎样 的温柔

趁森林木屋 还有 一碟温热 的余火
窗外的防风林 也还来不及咀嚼 受寒的哆嗦
我盛了一碗梦 之后 心中暗下决定 决定牵你 的手

十六厘米纪录片

斑马线在街头　被一条条抽离　一捆捆系紧绳索
橱窗旁的电线杆　也被连根拔起　一并带走

红绿灯在装箱后　一货柜一货柜的　保持缄默
转角的消防栓　除了配合　连发言权都没有
霓虹则在倒数计时后　一起熄灭了　灯火

我试着　先剪出感人的片头　配乐尽量再让它甘甜醇口
座位上起立鼓掌的　几十万栋大楼　脸色温柔

超现实主义在这城市居住太久　年迈的已无法　搬走
那么　到底需要多大容积率　的自由
稻穗　才可以离开纪录片　不再只是黑白画面的成熟

<u>她的表情很陈珊妮</u>

你不觉得光这个标题　就已经是概念很完整的东西

中岛美嘉的烟熏妆

所有病态式 被大量繁殖的激赏 像十字军东征般
虔诚 肃穆 殉教式的面对一张 被严重沉溺的 轮廓弧线上

那些喜欢的句子都太短

那时我恰恰好 在你身旁

如果 只能用一段话 来形容
骤雨过后 桂花园中飘落的 满地清香
我所能想到的 就只有 也就只有

多年前在屋檐躲雨时 你用掉整条街道的 慌张

<u>笃定的忧伤</u>

它喜欢它自己 一付不快乐的模样
微笑的问 为何不能享受忧伤
风 却嘲笑它 不曾看过远方

叶子 最终笃定的在树下 被埋葬
风 则继续没有方向 的流浪
假装 很阳光

我对你说的那句 欣赏

诗的字句 再怎么浓缩简短
意象再怎么隐讳 暗喻 转弯
我还是不得不挫折的写下 一行

如果不是因为 性的想像

答案

有时候不一定要有意义 就像这行白底黑字的细明体

就像 这网志留言跟宋刻本线装书 的尖系

落差有落差的美丽 不是所有的事情 都必须解释的很 彻底

就像 永远 不会爱上我的 你

唉 白领阶段

布尔乔亚阶级的 故作姿态
是种无关乎道德的 对白
就如同霓虹灯 的招牌
也不过只是标明 内容物的一种 纯粹买卖

于是 玻璃杯的 存在
也可以是象征 一种爱
一种 波西米亚式的告白

于是 所有对肉体欢愉的迷恋
口才够好的人 解释起来都不算 坏

烂醉

那些 蠢蠢欲动的烟味
变成 衬托环境的必要情节
欲求不满的酒杯 开始斟满并且麻醉
属于生物原始本能的 颓废

而神经系统 接受雄性肾上腺素的速度
远远 超过道德藩篱的 以为

混杂着体香 令人神驰的氛围
面对面 措辞强硬的在下 最后通牒

毛细孔上 探出好多软弱 的自卑
集体大喊了一声 抢劫

于是 感官触觉上 低空飞过 一枚
瞄准目标物的 犯罪

台北音乐盒

鳞次栉比的一栋栋出场　其高低反差太大的模样　实在很难弹
很难想像　这些线条并不一致的形状　怎可幼稚的　称之为键盘

飙上高音之后的玻璃窗　让呼啸而过的风声　显得有些破嗓
人行道上　尽是一些　未成年的　碎砖

霓虹决定整晚　留下来　继续补妆　继续安排曲目登场
好掩盖招牌下　那些不成熟　的灯光

来不及长大的歌声悬挂在　道路两旁　粗糙的和弦　在持续嗡嗡作响
孩子们在街上　把玩风景　让刚刚演奏到的这一段　更形混乱

音乐一直一直一直　不停不停 在旋转
这门里门外的情势　总算有比较明朗

这里的建筑　再怎么上紧发条　依旧还是　缺氧

造神运动

台上的探照灯　犹豫不决的在制造阴影
演唱会吉他　始终不耐烦这整个环境
一旁的高音嗽叭　提高嗓门的要一个　决定
经过倒数计时后　信徒们　终于开始涌进

过分拥挤的人群　凌乱不堪的足印
遗留下充分的线索　让我们确定
案发现场有一万种不同频率的　声音
却只有一支　大提琴
一张　绝对骄傲自信　的表情

迷恋着一气呵成

比例几近完美的唇　毫无瑕疵的吻
嘴角旁　永远有一丝淡淡　的冷

她　让你在爱上她的　过程
忘记有一句话　叫自尊
忘记有一个字　念愚蠢
最后　还忘记怎么写　恨

她让男人　在慢慢崩溃的　过程
不得不低头　承认　原来眼神　会带来伤痕

美丽　可以　杀人

肩膀被拟人化的诗

后来单身的苍蝇兴致勃勃的开始 练习 写字

据说 它们先天嗡嗡作响的翅 极适合用来煽动跟谣言相关的事
盛夏的繁殖季节 被刻意忽略与不重视
复眼的结构 让它们眼中的机会 被不停的复制无数次
果真如谣言所散布 脱离族群传统的繁殖 它们到处觅食

森林的画质 突然像鲜艳诱人充斥着腐尸的城市
交尾一直 是它们极其偏爱的 动词
而筑巢 则从来就不是现在与未来进行式

关于 产卵这件事 它们采取一贯的态度 鄙视
而双翅目蝇科的遗传基因 正悄悄计算它们所剩无多的日子
秋末之际 它们正以衰老的速度 对照所剩无几的交尾次数

后来单身的苍蝇始终写不出一首 像样 的诗

一首没有忠诚度的诗

一整座庞杂的心事　正笨拙的在调整下半身的坐姿
以便上半身能轻松的　面带微笑的　比出中指

隽永华丽的誓言　排版在　具有道德分量的报纸
竟也迅速的　语带轻盈的　被卷成一圈　性暗示

那些自律不严的　窃笑者　终于有借口　开始轮番造次
一路举步蹒跚的讽刺　拖迤出一条　黏稠的血蛭
那些窃笑者　自律不严的沾黏上　浑身带血　的刺

最终　在血蛭打了个饱嗝后　呕吐出一些　残肢
被人拼凑出　那些被吸干的窃笑者　死得其所的解读
似乎阴暗面　总是　比较容易写成诗

至死不渝

你在我最最 最爱你的时候
以一个与地平线平行的角度 离开我

我小心翼翼的将你亲手交给我
一枚风干的 难过
仔细的栽种在我记忆深处最显眼的 角落

然后 用我一辈子不被污染的寂寞
深情的 灌溉着 直到它枝繁叶茂 根盘交错
开了花 终于 也结了果

一双长茧的老手 在树下触摸着
我那已爱你四十多年 的轮廓
果实在身旁微笑的 面向我 坠落
并且骄傲的跟泥土说

原来 人世间所谓至死不渝的爱情
是指 我

我又怎么会

他们说 我写诗的背后怎么 那么多忧伤
我颓然的把笔斜放在 稿纸上
将手中那未完的诗篇 中断

望着窗外皎洁如水的 月光
以及 夏夜里满园的茉莉馨香
开始认真 认真的想答案

是啊 人世间哪那么多 风霜
若不是 若不是 你转身离去的模样
让这个没有枫叶的季节看起来 都那么沧桑

我又怎么会 怎么会 想赶在短促的青春消逝前
将关于爱情种种的 离合悲欢
一次 写完

我以为你应该以为我应该喜欢你

一整个村庄的炊烟　上升着一些形而上的主义
磨坊风车外的弯弯曲曲　正辩论着是否都该归属于小溪
郁金香　一直在调整　关于花本身颜色的记忆
而我在路途中　试图向你解释　这整个画面的逻辑

一张　西欧小镇的明信片上　有些迂回的哲学式问候语
正以并不迂回的　直线距离　被邮寄

我拥有着一双　拥有着荷兰传统彩绘风的木鞋
我以为应该适合　我以为应该的　那一个你

第五篇

韵脚诗

京都的雨

木格子窗外　的鸟居

就像　习惯坐姿的情绪

一截怎么也飞不起来　的回忆

石灯笼旁　嫩竹的翠绿

形同　长相轻盈娟秀　的泪滴

一池干涸的　没有光影　的过去

屋外鱼鳞板前　的锦鲤

用颜色斑斓的日文　呼吸

一尾泅泳的思念　拼命在延长发音

一场黑白画面的　不断跳针的　无以名状的　雨

你送的那双鞋

拍掉发上的残雪　厚重的羽毛外套突然惊觉
刚刚两公里的路程忘记坐　地下铁

针织围巾　与皮质手套　早就已经跟室内的温度　妥协
摆放进　核桃木纹路的衣柜

只有　脚下始终不发一语的那双鞋
用鞋带皱着眉　用鞋跟的高度拒绝
它连心事都不让最亲近的袜子　了解

玄关内　榉木地板上的融雪
隐隐约约的透露这一摊水　是屋外
一直　绵延两公里的　心碎

脑前叶的某些记忆层

脑前叶的　某些记忆层

绿洲的水草　异常肥沃茂盛

匈奴骑兵剽悍凶残的　刀刃

之后　就再也记不起什么是

用笔也无法勾勒的　漠北孤城

纯洁的白纸　正描写着血淋淋的出征

我用笔谨慎　一字一句交代这文章的成分

是剖开小脑　挖掘海马丘的　坟

检视脑细胞的横切面　对照更多的疑问

这文章总算开始有些 西汉王朝的气氛

家乡被刨起树根 庄稼 被焚

之后 就再也记不起什么是

敦煌的驼铃 遥远的 羌笛声

僧人们失去了虔诚 商旅沿途被牺牲

这房间的台灯 开始寻找信仰的神

我紊乱不堪的笔迹 终于 终于被攻破 城门

我染血的胄甲 被好多箭矢瞄准

你在梁上结绳 说轮回再轮回都要 再等

那今生 今生 亲爱的 你到底 用什么人称

禅

已然入定的偈语在冥想　情拆开了　心怎么渡江
青色隐入群山　却难显其孤单　这　何其难堪

爱十三划　笔刚走完　墨尚未干　窗外老松即処处刀伤
僧推寺门　却跨不过红尘　转身屋内　奉茶已然凉

泪如烟雨江南　情伤称委婉　叹　白话难道就不堪

我对你分手后　比从前快乐　很不爽

这莫非　亦或　直指人心的一种　禅

灯下

灯下 读罢金庸 自觉诗兴大发

将月色洗净沥干 舀一勺丑时 煮茶
一道 澄黄的书法 于天地间落下
这墨色在仿禅的对话 为诗而诗 易出伪画

也罢 将残诗搁下 江湖 不过杀与不杀
英雄 也不过只是几个章回 的潇洒

在搁笔纵马处 诗与非诗间的 寻常人家
竟也 炊烟袅袅成 天涯

我施放过飘流最远的船

我将潮来潮去的过往　用月光　逐一拧干
回忆　像极其缓慢难以溶化　的糖
或许已经在退潮的浪　来不及风干
也或许　我这一生根本就不该　上岸

经过岁月筛选后　还能完整的遗留在沙滩
一定是　具备了某种特别的形状
譬如　用报纸折叠后准备　起航
我孩童期的　那一艘　日异膨胀的　想像

醒来时的那一声月光

轰然的一声巨响 云平静的沉淀在这纸上
在起了雾的玻璃窗 拖逦着墨色未干的二行
沿着窗棂 爬行至屋外 绕过池塘 再穿越砖墙

到底那声轰然巨响 是否就是负气而走的 那一晚
而那二行 是否 也还在 他脸上
再轰然一声巨响 我颓坐在床沿边 而雾已经 飘散

路过的风景

月光发出狼牙色的声音　我哀嚎着　脸色苍白的环境
画框里　被刺痛不只是那片　针叶林
还有我那高海拔　正在缺氧的　伤心

一只高傲的秃鹰　盘旋出　我那被你豢养的眼睛
我正努力的用画笔　仔细的描绘　被你喂食的这一件事情

秃鹰继续低空飞行　绕过鼻梁的丘陵　而我在嘴角的悔恨声中打听
当初我是如何完成　关于心甘情愿的　这件作品

我一路上保持安静　回到在这人潮拥挤的展览厅
没有人注意到　我在森林的边境　画面的右下方　用颜色说明
我那段声嘶力竭　被你钉在墙上的　爱情

是一幅　被你路过后　就顷刻消失崩坏　的风景

心事

千年前 我用汉隶 写下唐诗
而今生 我又开始 为你填写歌词
那个前世 居住在长安的女子
是我轮回 再轮回的 心事

如果

如果　连月光都拒绝精灵

如果　连魔法都撤退出森林

如果　故事的第一行　就开始出现阴影

那么亲爱的　你要叫我如何相信

这世上　还有一尘不染　的爱情

等待风景

我用玫瑰花香 清清 淡淡的 收听
远方 你瓶装的思念 脚步声 很轻
我们的爱情 单纯透明 缓缓的 由远而近

<u>曾经</u>

再怎么 葱郁 宽广的森林
也留不住 随性 自在的 云
于是 我目送 你浅绿色的心情
沿着溪流 向东 旅行

慢慢的 我养了 一池的浮萍
渐渐的 也学会了 飘零

杂司之谷

他们说 这一切都是幽冥界的事情
打从平成二年至今 它就一直不停在旅行
怒目金刚 最张牙舞爪的也不过只是 眼睛
而黑猫则是一整张 不寒而栗的 表情

他们说 这一切都是幽冥界的事情
它还是在旅行 饱览地表以下的风景
香炉袅袅的檀香味 不知它有没有在听
那是遗族唯一能跟它沟通的 声音

他们说 这一切都是幽冥界的事情
自从盂兰盆会后 酒井家长媳已经怀孕
肃穆的祭拜仪式 让所有的人呼吸都调匀
注意到这平成三年开始有心跳的 小生命
而它 仍自顾自的 旅行

他们说 这一切都是幽冥界的事情
墙垣整整齐齐的阴影 到处是线与线的平行
墓碑 还是得到如往常般的尊敬
只是酒井家转移了 关心

他们说 这一切都是幽冥界的事情
平成四年 在念完南无阿弥陀佛后
用松尾芭蕉式的俳句书写 谥名

紫堇山坡上
酒井家的小次郎
学叫欧吉桑

这 五七五的格律诗 实在也太短
是它旅行中一直背负着的 遗憾

有些事是只能在心里美丽

屋檐上那行踪飘忽 脚步蹑手蹑脚的好奇
从夜风中 辗转听来一则 带有甜味的消息
然后 被小心翼翼的抹去 完全不着痕迹
就怕在籁籁声 极轻 极轻的夜里
提醒了月色下 那些隐隐约约 的猜忌

在少女 紧闭 如凝结的蜜蜡里
守护着一则 轻盈如猫一般的秘密
到底 是谁 爱上你

渡边菊子的樱花祭

是屋内的气氛在抽烟 是老人的眼神在播放老唱片
是居酒屋在适应 这昭和时代的空间

秋刀鱼离开了水面 想找人说话时 也就只能加把盐
老人步伐不稳摇晃着肩 从清酒中打捞起 初恋
却迟迟喝不下 呛鼻的从前

口袋里只剩下一把冬天 二张不知所措的脸
说好了在樱花集体离开家门前 所有的花季都顺延一年

演歌伶人弹唱 君一天如同一年 君一年如同永远
在山的另一边 声音很遥远 很遥远 但还是听的见
君一天如同一年 君一年如同永远

渡边菊子口袋里的雪花 早已干燥成干燥的那一面

蝴蝶

在天空自由鸟瞰着土地　几个月来的辛苦　终于也收获了美丽
却开始不舍　幼虫的空气　蛹破的记忆　攀爬在树枝上的过去
以及　大雨过后　一口好吃的嫩绿

妥协

日渐衰老中的旷野　一再错过梅雨来临的季节
于是　我　放弃一尘不染的飞越
不再错过身边的落叶　眼前的凋谢　以及迎面而来的　风雪
在这个　红颜终究白发的世界

诗的语言

午后的风声 怎么能被形容成一轮皎洁
花的颜色 又怎么会带着 淡淡的离别
所谓 忧郁的空气 落笔后要怎么写
最后 一直到你的微笑 在我的面前 满山遍野
亲爱的 我这才开始对诗的语言 有些 了解

宿命

烟味 如铁线般死命的缠绕 黄昏

对你的熟悉被慢慢 慢慢磨成 一把锋利的刀刃

我用来剖开 横切面的青春 开始寻找与你相遇的年份

在最最最外圈的年轮 我却看到紧紧相依的 你们

原来 在这一生 我只能是你 其中一圈的认真

泼墨山水

篆刻的城　落款在　梅雨时节
青石城外　一路泥泞的山水　一笔凌空挥毫的泪
你是我泼墨画中　留白的离别
卷轴上　始终画不出的　那个　谁

（京权）图字：01–2006–5714

图书在版编目（CIP）数据

关于方文山的素颜韵脚诗 : 纪念版 / 方文山 著. --
北京：作家出版社，2013. 1（2022.7重印）
ISBN 978–7–5063–6726–4

Ⅰ. ①关⋯ Ⅱ. ①方⋯ Ⅲ. ①诗集 – 中国 – 当代
Ⅳ. ① Ⅰ 227

中国版本图书馆CIP数据核字（2012）第278451号

关于方文山的素颜韵脚诗（纪念版）

作　　者：（台湾）方文山
责任编辑：苏红雨
装帧设计：任凌云
出版发行：作家出版社有限公司
社　　址：北京农展馆南里10号　　　邮　　编：100125
电话传真：86 – 10 – 65067186（发行中心及邮购部）
　　　　　　86 – 10 – 65004079（总编室）
E – mail: zuojia@zuojia. net. cn
http: // www. haozuojia. com
印刷：三河紫恒印装有限公司
成品尺寸：148 × 203
字数：20千
印张：6
印数：46001 – 51000
版次：2013年1月第1版
印次：2022年7月第9次印刷
ISBN　978–7–5063–6726–4
定价：38.00元（精）